# 40
## CONTRIBUIÇÕES PESSOAIS PARA A SUSTENTABILIDADE

# GENEBALDO FREIRE DIAS

# 40
## CONTRIBUIÇÕES PESSOAIS PARA A SUSTENTABILIDADE

Edição atualizada,
revista e ampliada

| | |
|---|---|
| 4721 | Chinês |
| 15000000000 | Cósmico |
| 2023 | Cristão |
| 1945 | Hindu |
| 5783 | Judaico |
| 11 | Maia |
| 1444 | Muçulmano |
| 1 | Zé da Bodega |

São Paulo
2023

© Genebaldo Freire Dias, 2019

3ª Edição, Editora Gaia, São Paulo 2023

**Jefferson L. Alves** – diretor editorial
**Richard A. Alves** – diretor geral
**Flávio Samuel** – gerente de produção
**Freepik.com** – foto da capa
**Soud** – ilustrações
**Equipe Editora Gaia** – produção editorial e gráfica

Na Editora Gaia, publicamos livros que refletem nossas ideias e valores: Desenvolvimento humano / Educação e Meio Ambiente / Esporte / Aventura / Fotografia / Gastronomia / Saúde / Alimentação e Literatura infantil.

Em respeito ao meio ambiente, as folhas deste livro foram produzidas com fibras obtidas de árvore de florestas plantadas, com origem certificada.

---

Dados Internacionais de Catalogação na Publicação (CIP)
(Câmara Brasileira do Livro, SP, Brasil)

Dias, Genebaldo Freire
   40 contribuições pessoais para a sustentabilidade / Genebaldo Freire Dias. – 3. ed. – São Paulo : Editora Gaia, 2023.

   ISBN 978-65-86223-41-5

   1. Educação Ambiental 2. Meio ambiente 3. Sustentabilidade ambiental I. Título.

23-147970                CDD-304.2

---

Índices para catálogo sistemático:
1. Educação Ambiental    304.2

Aline Graziele Benitez - Bibliotecária - CRB-1/3129

Obra atualizada conforme o
NOVO ACORDO ORTOGRÁFICO DA LÍNGUA PORTUGUESA

**Editora Gaia Ltda.**
Rua Pirapitingui, 111-A – Liberdade
CEP 01508-020 – São Paulo – SP
Tel.: (11) 3277-7999
e-mail: gaia@editoragaia.com.br

g globaleditora.com.br    f /editoragaia
▶ /editoragaia    ◉ @editora_gaia
💬 blog.grupoeditorialglobal.com.br

Direitos reservados.
Colabore com a produção científica e cultural.
Proibida a reprodução total ou parcial desta
obra sem a autorização do editor.

Nº de Catálogo: 2561

MISTO
Papel | Apoiando
o manejo florestal
responsável
FSC® C140275

# SUMÁRIO

Introdução ................................................................ 9

1 Vote conscientemente ........................................ 11

2 Não se omita ........................................................ 12

3 Conheça mais sobre a área ambiental do seu país ........ 13

4 Conheça os órgãos ambientais locais ........................ 14

5 Conheça a legislação ambiental ............................ 15

6 Forme e/ou participe de associações comunitárias ........ 16

7 Participe das audiências públicas ambientais da
  sua cidade ........................................................ 17

8 Mantenha-se informado sobre as questões ambientais ....... 18

9 Promova a dimensão ambiental ............................ 19

10 Reduza o seu consumo e a sua produção de resíduos ........... 20

11 Reutilize materiais ............................................ 21

12 Apoie as iniciativas de reciclagem ........................ 22

13 Adote a preciclagem ........................................ 23

14 Reeduque-se .................................................... 24

15 Replaneje ........................................................ 25

16 Economize energia elétrica ................................ 26

17 Economize água ................................................ 27

18 Faça o reúso da água ........................................ 28

19 Proteja a vegetação .......................................... 29

20 Jamais compre animais silvestres ........................ 31

21 Diga não à caça esportiva .................................. 32

22 Faça o descarte de baterias, pilhas e eletrônicos
   corretamente .................................................. 33

23 Exija que a escola dos seus filhos trate a questão ambiental ........ 34

24 Incentive os jovens a seguir carreiras criadas na área ambiental ........ 35

25 Promova mudança de hábitos no trabalho ........ 36

26 Promova mudança de hábitos em casa ........ 37

27 Dê preferência às fraldas e toalhas de pano ........ 38

28 Utilize o fogão racionalmente ........ 39

29 Repense a sua alimentação ........ 40

30 Dê atenção às advertências de risco em produtos químicos ........ 41

31 Apoie a luta contra o tabagismo ........ 42

32 Faça uma caminhada pelo campo ........ 44

33 Apoie as ciclovias ........ 45

34 Se você tem carro... pelo menos use-o racionalmente ........ 46

35 Promova a sua saúde preservando a qualidade ambiental ........ 50

36 Prefira os produtos orgânicos ........ 51

37 Veja a publicidade com olhos críticos ........ 52

38 Pense cosmicamente e aja global e localmente ........ 53

39 Promova a cultura da paz ........ 54

40 Invista na sua evolução espiritual ........ 55

Anexo – Política Nacional de Resíduos Sólidos (Lei n. 12.305, de 2 de agosto de 2010) ........ 57

Posfácio ........ 59

Sobre o autor ........ 61

# INTRODUÇÃO

A mudança climática é o maior desafio evolucionário posto à humanidade. Uma emergência planetária que traz mudanças profundas no metabolismo social, econômico, político, ecológico e em outros. Já exige que sejamos como nunca fomos: solidários, pacientes, gratos pela vida e conectados à nossa consciência; que consigamos sanar a nossa falha de percepção e nos tornemos seres bem melhores do que temos sido; que sejamos capazes de gerar novos modelos de convivência com o ambiente, com seus seres e processos, e conosco.

São inegáveis os avanços que temos atingido na área ambiental. Entretanto, ainda acontecem em velocidade inferior à necessária. A solução para muitos dos problemas ambientais atuais não depende apenas dos governos ou das instituições. A ação individual, somada, é um fator poderoso de mudança. E isso precisa ser internalizado, para que cada um faça a sua parte. As quarenta sugestões aqui apresentadas são contribuições efetivas para o enfrentamento desses desafios.

Estamos em pleno processo de transição. Afinal, somos a geração que percebeu e resolveu mudar o rumo das coisas.

# VOTE CONSCIENTEMENTE

Seu voto é um poderoso instrumento de mudança evolucionária. Escolha bem os seus governantes. Informe-se sobre o histórico deles. Políticos sérios e competentes são capazes de gerar políticas eficientes.

Devemos eleger pessoas honestas e qualificadas, que defendam os nossos direitos e promovam ações em prol da manutenção e melhoria da qualidade ambiental e, em consequência, da melhoria da qualidade de vida.

Após as eleições, continue acompanhando as decisões dos políticos que você ajudou a eleger. Observe a coerência e seriedade deles. Políticos que se envolvem em escândalos e corrupção devem ser riscados da sua lista de candidatos.

Fique atento. Seja exigente. Informe-se sobre o andamento de políticas públicas. O analfabetismo político é o alimento da corrupção.

Jamais deixe de votar. Quando você não vota, beneficia os corruptos. Será o seu voto e o de outras pessoas conscientes que poderão mudar a prática política em nosso país.

# 2
## NÃO SE OMITA

Sempre que um crime ambiental estiver sendo cometido em sua presença, aja! Quando você se cala, se torna cúmplice.

O seu direito a um ambiente ecologicamente equilibrado está sendo desrespeitado. *Expresse a sua insatisfação*. Não se cale! Não se acomode nem pense que os outros vão resolver por você. Faça a sua parte.

Acione os órgãos ambientais locais, estaduais e/ou federais. Denuncie. Eles estão lá para atender você.

Tenha sempre à disposição os telefones dessas instituições. Acione o Ministério Público, peça a ajuda de um advogado, de um órgão da imprensa, de um representante qualquer do poder público, do padre, do pastor, do delegado, do empresário, da professora...

Poste nas redes sociais, telefone, envie mensagens, vídeos, cartas ou use qualquer outro meio de comunicação.

Expresse o seu descontentamento e exija o cumprimento dos seus direitos.

# CONHEÇA MAIS SOBRE A ÁREA AMBIENTAL DO SEU PAÍS

**3**

O Brasil está entre as vinte nações mais evoluídas em gestão ambiental. Temos leis ambientais modernas e uma grande capacidade em pesquisa, inovação e geração de novas tecnologias. Várias agências governamentais, ONGs, empresas e universidades empreendem diversas atividades que contribuem para a melhoria das relações entre o ser humano e o ambiente.

Informe-se mais sobre o que estamos fazendo nessa área. Um bom começo é acompanhar as informações das seguintes entidades:

- Conservação Internacional Brasil;
- Fundação Brasileira para o Desenvolvimento Sustentável;
- Greenpeace Brasil;
- Instituto Brasileiro do Meio Ambiente e dos Recursos Naturais Renováveis – Ibama;
- Instituto Chico Mendes de Conservação da Biodiversidade – ICMBio;
- Instituto de Pesquisas Ecológicas – IPÊ;
- Instituto Socioambiental – ISA;
- Ministério do Meio Ambiente;
- SOS Mata Atlântica;
- WWF Brasil.

## 4 CONHEÇA OS ÓRGÃOS AMBIENTAIS LOCAIS

Mantenha sempre à mão os telefones e os demais contatos dos órgãos ambientais da sua cidade, como:

- Secretarias de Meio Ambiente;
- Procuradorias de Meio Ambiente;
- Ministério Público;
- Conselho Municipal de Defesa do Meio Ambiente;
- ONGs ambientalistas.

Divulgue, acione e apoie essas instituições.

Procure conhecer a organização dos órgãos (estrutura, funções e dinâmicas) e as pessoas que respondem pelas áreas do seu interesse, como licenciamento ambiental, fiscalização, educação ambiental, assessoria de comunicação, entre outras.

## CONHEÇA A LEGISLAÇÃO AMBIENTAL   5

As leis ambientais brasileiras são consideradas as mais modernas e avançadas do mundo. São um poderoso instrumento de ação de proteção da qualidade ambiental. Procure conhecê-las. Há diversos sites que trazem informações sobre a legislação ambiental federal, estadual e municipal (Ministério do Meio Ambiente, Ibama, ICMBio e Secretarias de Meio Ambiente, por exemplo).

Tais leis tratam de proteção de florestas, nascentes, solo e animais silvestres; controle de poluição (do ar, da água, sonora, eletromagnética, estética, entre outras); controle e prevenção de incêndios florestais; licenciamento e monitoramento de diversas atividades (indústria, agricultura, mineração, construção civil, urbanização etc.); unidades de conservação (parques, Áreas de Proteção Ambiental – APAs); e educação ambiental.

# 6 FORME E/OU PARTICIPE DE ASSOCIAÇÕES COMUNITÁRIAS

As comunidades precisam se organizar para fazer valer os seus direitos. A legislação ambiental brasileira favorece as reivindicações vindas de associações.

As chamadas ONGs (organizações não governamentais) representam uma forma muito eficaz de atuação democrática das comunidades.

As ONGs, na atualidade, formam o chamado "quarto poder". Bem organizadas, honestas e competentes, podem desempenhar papéis importantes na defesa dos interesses socioambientais das comunidades.

Para formar uma associação, busque orientações em associações já formadas ou em órgãos públicos de meio ambiente. Advogados também podem oferecer essas informações.

Coopere, participe e envolva-se nas ações de proteção e melhoria da qualidade ambiental desenvolvidas por ONGs. Exerça os seus deveres e direitos de cidadania.

## PARTICIPE DAS AUDIÊNCIAS PÚBLICAS AMBIENTAIS DA SUA CIDADE 7

Quando uma obra vai ser realizada e pode interferir na qualidade ambiental da comunidade, seus empreendedores são obrigados a realizar estudos antecipados de impacto ambiental.

Esses estudos são colocados em um Relatório de Impacto Ambiental (Rima) e são apresentados em audiências públicas à comunidade. Nessa ocasião, as pessoas podem interferir nas decisões e defender os seus direitos por um ambiente saudável.

Informe-se sobre as audiências públicas ambientais da sua cidade. Participe das discussões e dê a sua contribuição.

Busque a assessoria de pessoas para auxiliá-lo na compreensão dos conteúdos técnicos daqueles documentos, com especial atenção às consequências da sua operação e às propostas de soluções. Jovens acadêmicos e profissionais aposentados normalmente aceitam o convite, como voluntários, para essa importante ação de cidadania.

# 8 MANTENHA-SE INFORMADO SOBRE AS QUESTÕES AMBIENTAIS

O analfabetismo ambiental ameaça a sustentabilidade da espécie humana na Terra. As pessoas precisam estar informadas para perceber, avaliar e tomar decisões acertadas a fim de proteger, manter e melhorar a qualidade ambiental, que reflete na sua qualidade de vida.

Informe-se mais sobre a temática ambiental nas seções especializadas dos diversos meios de comunicação (internet, redes sociais, rádio, televisão, revistas, jornais, murais, palestras e outros).

Lembre-se: *informação é poder.*

## PROMOVA A DIMENSÃO AMBIENTAL      9

No trabalho, na escola e em casa, estimule a abordagem ambiental.

Onde você estiver, nas tarefas do dia a dia, promova os **5 R**s:

**R**eduzir
**R**eutilizar
**R**eciclar e preciclar
**R**eeducar
**R**eplanejar

## 10 REDUZA O SEU CONSUMO E A SUA PRODUÇÃO DE RESÍDUOS

Reduzir é ainda a melhor estratégia para evitar danos ambientais. Ao reduzir o seu consumo, você estará utilizando menos água, energia e matéria-prima. Assim, estará diminuindo a pressão sobre os recursos naturais, gerando menos esgoto, reduzindo a emissão de gases que contribuem para o agravamento da mudança climática, a poluição, o desmatamento e a erosão dos solos.

Se cada um dos 8 bilhões de habitantes da Terra fizesse isso, teríamos apagado da mídia a maioria das tragédias socioambientais a que assistimos diariamente.

Ao efetuar suas compras, reduza-as ao mínimo necessário. Todos os produtos que você adquire geram impactos sobre o ambiente. Reduza a produção de lixo.

## REUTILIZE MATERIAIS  11

    Para produzir muitos dos materiais que consumimos, são impostas grandes pressões sobre os recursos naturais. Embutidos na produção há grandes gastos de energia, água e matéria-prima, entre outros. Isso ainda resulta em geração de resíduos e vários tipos de poluição (das águas, do ar e do solo, por exemplo).

    Desenvolva a cultura da reutilização e, com isso, reduza a produção de resíduos. Embalagens de lata e caixas de papelão, por exemplo, podem ter diversas outras utilidades antes de serem enviadas para a reciclagem ou, em muitos casos, para os aterros.

# 12 APOIE AS INICIATIVAS DE RECICLAGEM

Sempre que encontrar lugares onde a coleta seletiva estiver implantada, colabore. Coloque os resíduos nos coletores indicados. Faça a sua parte.

Cada item reciclado significa menos consumo de água, energia elétrica e matéria-prima, redução do desflorestamento e da pressão sobre os aterros sanitários.

Se no seu bairro, na sua escola ou no seu trabalho ainda não houver coleta seletiva, busque ajuda para implantá-la. Hoje, os resíduos sólidos (antigamente chamados de "lixo") não devem mais representar problemas, e sim soluções.

A reciclagem, além dos benefícios ecológicos, promove criação de renda e empregos, assim como inclusão social e resgate de dignidade a muitos grupos sociais.

É claro que não vamos salvar o mundo apenas reciclando latinhas, mas essa atividade é uma importante parcela do processo de gestão ambiental (resolução dos desafios socioambientais) que, somada a outras, pode fazer a diferença.

## ADOTE A PRECICLAGEM  13

    Preciclar é dar preferência a produtos que não agridem o ambiente. Por exemplo, ao adquirir um *spray* que não contenha CFCs (gases que destroem a camada de ozônio, que nos protege dos raios solares causadores de câncer de pele), você estará preciclando.

    Ao deixar nas prateleiras produtos de empresas que ainda não têm responsabilidade social, estaremos estimulando as que investiram em cuidados ambientais na sua produção, ao mesmo tempo que estaremos punindo aquelas que pouco se importaram com a degradação ambiental causada pelos seus produtos.

    Veja outro exemplo de preciclagem: não adquira produtos embalados em isopor. Dê preferência às embalagens de papelão, que pode ser reciclado. O isopor leva cerca de quatrocentos anos para se decompor, interferindo na dinâmica dos ecossistemas e poluindo o ambiente (as embalagens de isopor já são proibidas em muitos países).

## 14 REEDUQUE-SE

A humanidade vive uma corrida entre a educação e o sofrimento. Os seres humanos precisam perceber que não poderão continuar a viver em um planeta com recursos finitos achando que estes são infinitos. Precisam perceber que a Terra tem limites de sustentação que não podem ser ultrapassados sem graves consequências.

A sobrevivência da espécie humana na Terra está dependendo da efetividade dos processos da educação e da capacidade individual de perceber e mudar.

Até o presente, a educação que se tem praticado na maioria dos países não deu certo. O processo educacional tem se transformado apenas em um estimulador do consumo. A felicidade converteu-se em capacidade de comprar, de consumir.

As escolas preparam as pessoas para serem consumidores úteis e ignorarem as consequências ambientais de seus atos.

Há necessidade de profundas transformações na educação, que devem enfatizar a formação. A informação é complemento, instrumento apenas de desenvolvimento de habilidades e competências. O conteúdo não é o astro principal da escola, mas a formação, a prática das virtudes, o reconhecimento da importância dos valores humanos, o saber ser.

# REPLANEJE

15

Precisamos rever os nossos gastos, o nosso estilo de vida, o nosso consumismo. Muitas vezes adquirimos produtos que não estamos precisando apenas para aproveitar uma "liquidação", seguindo o apelo enganoso da mídia.

É necessário replanejar nossas atividades para não cair nessas armadilhas.

Devemos replanejar não apenas os gastos, mas os hábitos. Na alimentação, por exemplo: dar preferência a alimentos mais saudáveis, optar por produtos isentos de aditivos químicos (causadores de câncer de estômago, por exemplo), substituir refrigerantes por sucos e *fast-food* por refeições mais nutritivas e seguras.

O replanejamento pode representar grandes ganhos econômicos, sociais, ecológicos e espirituais.

Para tanto, é preciso se manter em estesia (sensibilidade aguçada) e em constante estado de atenção a tudo o que se faz. É necessário que se tenha consciência plena das consequências das escolhas e decisões que são tomadas a cada instante. A qualidade da experiência humana na jornada terrestre depende muito desses cuidados.

## 16  ECONOMIZE ENERGIA ELÉTRICA

Ao fazer isto, a demanda por energia elétrica será contida e não será preciso construir mais hidrelétricas, que causam sérios danos ambientais (represam rios, provocam a morte de peixes, aniquilam outros animais na região, causam o surgimento de novas doenças, mudam as características das águas, alteram o regime dos rios, interferem no clima local e prejudicam a economia e a cultura dos moradores ribeirinhos).

Utilize os eletrodomésticos racionalmente. O chuveiro e o ferro elétrico são os maiores consumidores de energia elétrica. Repense o seu uso.

Instale lâmpadas mais modernas, que iluminam da mesma forma e gastam até 80% a menos.

Mantenha os rádios, computadores e televisores desligados se não houver alguém utilizando-os. Ao sair de um ambiente, desligue as luzes. Não deixe a porta da geladeira aberta por muito tempo.

## ECONOMIZE ÁGUA

17

A água potável é um recurso natural em escassez em muitas partes do planeta, o que gera insegurança hídrica.

Cerca de 2 bilhões de pessoas não têm acesso à água potável no mundo (segundo o Relatório Mundial sobre o Desenvolvimento dos Recursos Hídricos, Organização das Nações Unidas para a Educação, a Ciência e a Cultura – Unesco, 2021).

Os conflitos por acesso à água são uma realidade. Há cinquenta nações em risco de guerra por causa disso e 130 enfrentarão secas maiores neste século. No mercado internacional já ocorre o contrabando desse recurso natural.

A mudança climática, a urbanização e o desflorestamento são apontados como as causas principais da escassez.

O uso racional é uma exigência absoluta para a preservação da vida. Repense os seus hábitos de uso.

# 18
## FAÇA O REÚSO DA ÁGUA

Estamos saindo da sociedade do descartável, do obsoletismo programado, para a sociedade de hábitos sustentáveis. Vivemos uma transição, um novo Iluminismo. Agora repensamos o nosso estilo de vida em todos os sentidos. Buscamos mudanças corretivas de nossos padrões insustentáveis. Como exemplo, pode-se citar a adoção do reúso da água em vez do uso pouco inteligente que temos seguido ao longo dos tempos.

A água resultante de banhos e de lavagem de mãos, por exemplo, pode ser reutilizada para dar descargas em vasos sanitários.

A água de chuva, apesar de não ser potável (não pode ser bebida), pode ser utilizada para regar plantas, lavar pisos, carros, entre outras coisas. Devidamente coletada, armazenada e tratada (2 gotas de água sanitária para 1 litro de água), pode até ser usada para banho, lavagem de louças e roupas.[1]

---

[1] Para conhecer a forma adequada de utilização da água da chuva, sugerimos consultar o *Manual para captação emergencial e uso doméstico de água de chuva*, produzido por Luciano Zanella, do Instituto de Pesquisas Tecnológicas (IPT) do estado de São Paulo, em 2015. Disponível em: <www.ipt.br>.

## PROTEJA A VEGETAÇÃO    19

As árvores são uma extensão viva da Terra. Elas têm uma história evolutiva e são importantes componentes do equilíbrio ecossistêmico. Não são apenas fontes de madeira. São abrigos de inúmeras espécies e representam um patrimônio genético. Protegem os solos, tornam o microclima mais ameno, reduzem a poluição atmosférica e sonora. Têm também grande valor estético, embelezando e alegrando o ambiente.

As árvores da sua rua e da sua cidade são um patrimônio público. Para cortá-las, é necessária uma autorização especial. Exija a apresentação dessa autorização se alguém estiver cortando-as. Caso não a tenha, comunique o fato, imediatamente, aos órgãos ambientais e, em última instância, aos bombeiros e/ou à polícia. Faça valer seus direitos.

Informe-se sobre as espécies de árvores mais adequadas ao plantio no seu ambiente urbano. Algumas não são adequadas, pois têm raízes que danificam tubulações e pavimentações, e outras liberam excesso de grãos de pólen (causando alergias).

Não permita que pintem de branco o tronco das árvores como um tipo de ornamentação. Além de ser esteticamente discutível, a pintura impermeabiliza o tronco e prejudica a sua transpiração.

Ao podar as árvores, no local onde foram cortados os galhos deve-se passar um impermeabilizante, para evitar a perda de seiva.

Na sua associação, estimule as práticas de plantio em seu bairro. Cadastre as árvores plantadas (use uma pequena plaqueta de alumínio contendo o nome da árvore, quando foi plantada e quem a plantou).

# JAMAIS COMPRE ANIMAIS SILVESTRES     20

Depois do tráfico de drogas, o de animais silvestres (os que vivem soltos nas áreas naturais e se reproduzem livremente) é o que mais movimenta dinheiro sujo em todo o mundo. A maior parte dos animais traficados morre.

Vender ou comprar animais silvestres, peles ou quaisquer produtos extraídos desses animais é CRIME! (passível de multas e prisão).

Desestimule essa prática criminosa, prevista no Art. 29 da Lei dos Crimes Ambientais (Lei n. 9.605/1998 e Decreto n. 6.514/2008).

Quando, em viagem, encontrar pessoas vendendo animais silvestres (micos, tatus, pacas, papagaios ou outros), pare e converse com elas. Estimule-as a procurar outras formas de subsistência.

As aves foram criadas para viverem livres. Quando são engaioladas, cantam por causa do estresse e do desespero. Que crime elas cometeram para serem presas, privadas de sua liberdade?

Estimule seus amigos a não realizar a prática perversa e primitiva de captura.

# 21 — DIGA NÃO À CAÇA ESPORTIVA

Sob nenhuma alegação devemos aceitar a aniquilação de animais como uma "prática desportiva". Trata-se, no fundo, de uma prática primitiva, cruel e desigual. Os animais não têm nenhuma chance. São perseguidos e abatidos por pessoas que usam equipamentos sofisticados que deveriam ser usados em benefício da vida e não da morte.

Esse massacre, disfarçado de esporte, movimenta milhões de dólares em todo o mundo, fomentado pelos fabricantes de armas, munições e equipamentos de caça.

Essa prática perversa não deve mais ser aceita na sociedade humana. Caçar para comer, ou seja, caçar por sobrevivência, é uma coisa, tem fundo natural, ecossistêmico. Mas matar por prazer, para exibir troféus idiotas, é outra coisa.

Não se omita diante de tais agressões. Expresse a sua indignação e apoie iniciativas de proibição e banimento.

## FAÇA O DESCARTE DE BATERIAS, PILHAS E ELETRÔNICOS CORRETAMENTE 22

Baterias de celulares, pilhas, computadores, TVs, câmeras fotográficas e vários outros eletrônicos contêm chumbo, lítio, mercúrio, cádmio e outros metais pesados, extremamente danosos. Contaminam o solo, entram na cadeia alimentar e nas águas subterrâneas. Chegam ao estômago, ao fígado e ao sistema nervoso de vários seres vivos, inclusive humanos, causando várias doenças. A filtração e a fervura não removem tais metais.

Informe-se sobre as formas adequadas e os locais de descarte.

Conheça a Política Nacional de Resíduos Sólidos (instituída pela Lei n. 12.305, de 2 de agosto de 2010), que trata da proteção da saúde pública e da qualidade ambiental e objetiva reduzir ao mínimo as consequências adversas que os resíduos são capazes de provocar quando não são gerenciados adequadamente. A eliminação dos chamados lixões e a construção, a operação e o monitoramento dos aterros sanitários estão previstos nessa lei. Observe se o seu município está cumprindo essa obrigação.

Veja no anexo deste livro os objetivos da lei citada.

## 23 EXIJA QUE A ESCOLA DOS SEUS FILHOS TRATE A QUESTÃO AMBIENTAL

O Brasil é um dos poucos países do mundo a ter uma Política de Educação Ambiental definida (Lei n. 9.795/1999).

A educação ambiental é obrigatória em todos os níveis de ensino, de forma interdisciplinar. Assim, professores de todas as disciplinas devem desenvolver atividades voltadas à compreensão dos desafios socioambientais, enfatizando as alternativas de soluções.

As questões ambientais NÃO devem ser tratadas apenas do ponto de vista ecológico, mas também considerando as suas dimensões sociais, econômicas, políticas, culturais, éticas, científicas e tecnológicas.

Participe das atividades comunitárias propostas pela escola do seu filho.

## INCENTIVE OS JOVENS A SEGUIR CARREIRAS CRIADAS NA ÁREA AMBIENTAL 24

A área profissional de meio ambiente é a que mais cresce no mundo. Novas profissões não param de surgir. Dentre elas, destacam-se: engenharia ambiental, direito ambiental, reciclagem, controle de resíduos, diplomacia ambiental, tecnologias limpas, fontes renováveis de energia, auditorias ambientais, fiscalização, pesquisa, monitoramento ambiental, avaliação de riscos, economia ecológica, ecoturismo, ecoesportes, administração de passivos, sequestro de carbono, eficiência energética, educação ambiental, certificações, reúso da água, refabricação, recuperação de áreas degradadas, logística reversa, gestão ambiental e magistério nas diferentes especializações da área ambiental.

# 25 PROMOVA MUDANÇA DE HÁBITOS NO TRABALHO

Passamos boa parte do nosso tempo no trabalho. Há necessidade de se promover novos hábitos, como a coleta seletiva, a conservação da energia e o uso racionalizado de materiais de escritório (papel, impressora, equipamentos eletrônicos e outros).

Muitas vezes, pequenas atitudes podem contribuir para reduzir a pressão sobre os recursos naturais. Eis alguns exemplos: prefira copos de vidro em vez de descartáveis. Adote uma caneca. Caso ainda use copos descartáveis, utilize um para o dia todo.

Reúse papéis. Aproveite os dois lados. Use lapiseira em vez de lápis (madeira). Apague as luzes ao sair.

Ao computador, só dê a ordem de *imprimir* quando tiver certeza de que o texto está como você quer. Desligue o monitor que está sem uso.

## PROMOVA MUDANÇA DE HÁBITOS EM CASA    26

Promova, em sua casa, a economia de água e o seu reúso. Otimize o uso de energia elétrica racionalizando a utilização de eletrodomésticos.

Discuta com os membros da família as formas de contribuição individual para a redução dos gastos com combustível e compras em geral.

Quanto menos se consome, menos pressão será exercida sobre os recursos naturais e mais tempo os ecossistemas terão para se recompor das nossas agressões.

Veja a seguir outras recomendações.

# 27 DÊ PREFERÊNCIA ÀS FRALDAS E TOALHAS DE PANO

As fraldas descartáveis usadas representam um problema para a dinâmica dos ecossistemas, pois demoram muito a se decompor, interferindo nos ciclos naturais da matéria.

As fraldas de pano, principalmente as de algodão, além de serem mais saudáveis e confortáveis, são renováveis. Lavando com sabão biodegradável, estarão prontas para serem usadas novamente.

Na cozinha, em vez de toalhas de papel (não recicláveis), utilize panos. Uma vez lavados, estarão prontos para a reutilização.

## UTILIZE O FOGÃO RACIONALMENTE  28

Quando você usa o fogão, a queima do gás de cozinha produz gás carbônico e gás metano. Esses dois gases sobem para a alta atmosfera e agravam o efeito estufa, ou seja, aumentam a temperatura da Terra. Isso produz mudanças climáticas.

Quanto mais racionalmente você utilizar o fogão, menos prejuízos ao ambiente global estará causando. Por exemplo, o fogo brando e o uso de panelas de pressão ajudam a economizar gás. Use o forno com moderação. Aproveite o seu calor para assar/aquecer coisas diferentes.

# 29 REPENSE A SUA ALIMENTAÇÃO

O ato de se alimentar é a mais pura integração entre você e a terra. Que seja um momento de serenidade, reflexão e gratidão. Uma celebração pela vida. Dispense mais atenção e cuidado ao que você põe para dentro do seu corpo. Cuide da qualidade do que você ingere e da natureza do alimento.

Há alimentos que utilizam muitos venenos e aditivos químicos em seus processos de produção. Além disso, causam graves danos ao ambiente (poluição, desmatamento, destruição de hábitats, morte de animais, envenenamento e empobrecimento do solo, mudanças climáticas, entre outras coisas). O consumo de carnes, por exemplo, representa a maior pressão que exercemos sobre os recursos naturais. Repense a sua dieta. E lembre-se: nunca desperdice alimentos.

## DÊ ATENÇÃO ÀS ADVERTÊNCIAS DE RISCO EM PRODUTOS QUÍMICOS

## 30

Muitos produtos químicos de risco potencial chegam às nossas casas. São inseticidas, fungicidas, vernizes, tintas, medicamentos, cosméticos, materiais de limpeza, sabões e outros.

Atente-se para os avisos contidos nos rótulos. Muitos desses produtos, além de representarem sérios riscos à saúde, podem causar danos ao ambiente como um todo.

Atualmente, os fabricantes têm demonstrado preocupação em informar esses riscos aos usuários. Em caso de dúvidas, ligue para o serviço 0800 inscrito nos rótulos.

A maior parte dos recipientes desses produtos não deve ser reutilizada.

Sobras de tintas não podem ser descartadas como resíduos. Doe-as para serem utilizadas até o fim.

Deixe os medicamentos vencidos nas farmácias para serem devolvidos aos seus fabricantes.

## 31 APOIE A LUTA CONTRA O TABAGISMO

Morrem no mundo mais de 8 milhões de pessoas, por ano, em decorrência do tabaco. Uma pessoa que não fuma, próxima de alguém que está fumando, absorve um terço de cada cigarro fumado (e, pior, absorve a fumaça que não passa pelo filtro). Além disso, o cigarro piora a poluição ambiental, que também causa danos à saúde humana.

**Em cada tragada, o fumante "despeja" dentro do seu corpo:**

Nicotina, alcatrão, monóxido de carbono, benzopireno e mais de 4 700 substâncias tóxicas.

**O cigarro contém ainda:**

Formol (conservante de cadáveres), fósforo $P_4$ ou $P_6$ (usado como veneno contra ratos), naftalina (usada para matar baratas), amônia (usada em desinfetantes para pisos e sanitários) e acetona (removedor de esmaltes).

## O cigarro causa:

Vício, cansaço, infarto, perda do apetite, hipertensão, perda de peso, trombose, problemas de pele, taquicardia no feto, aumento das alergias, angina, impotência sexual, dores de cabeça, amputação de membros, bronquite, diabetes, nascimentos prematuros, catarro, úlcera, câncer, dificuldades de convivência social, que podem estar relacionadas à fumaça e ao odor.

No Brasil, a Lei Antifumo n. 12.546/2011 (regulamentada pelo Decreto n. 8.262/2014) proíbe fumar charutos, cigarros, cigarrilhas, cachimbos, narguilés e outros produtos derivados do tabaco em locais de uso coletivo, públicos ou privados, em todo o país. Isso inclui ambientes fechados ou parcialmente fechados. Dispõe também sobre restrições à propaganda desses produtos. Em caso de desrespeito, os estabelecimentos podem ser multados e até perder a licença de funcionamento.

## 32 — FAÇA UMA CAMINHADA PELO CAMPO

Saia da mesmice, da frente da televisão e da tela do celular e programe um fim de semana diferente. Leve seus familiares para um passeio no campo.

Percorra estradas diferentes, visite sítios, fazendas, parques. Vá a cachoeiras, morros. Dê um presente a você mesmo e aos seus entes queridos. Propicie descanso ao seu corpo, apreciando vistas panorâmicas, respirar ar puro, beber água fresca. Deixe seus ouvidos serem acariciados pelo silêncio, pelo canto das aves.

Procure reconectar-se à natureza. Fique atento aos seus recados, aos seus significados.

## APOIE AS CICLOVIAS

# 33

A mobilidade nos centros urbanos enquanto é um item crucial da qualidade de vida também é um componente gerador de grande pressão ambiental. É preciso promover formas menos impactantes de mobilidade.

O uso de bicicletas tem sido estimulado em muitos países, representando um meio de transporte muito eficiente. Enquanto promove a saúde das pessoas, reduz a poluição sonora e atmosférica dos centros urbanos.

Apoie as iniciativas para a construção e manutenção de ciclovias em sua cidade.

# 34 — SE VOCÊ TEM CARRO... PELO MENOS USE-O RACIONALMENTE

Se você tem um carro, então observe: os carros são a forma de locomoção mais cara que existe. Além disso, causam grandes impactos, como poluição sonora, atmosférica e eletromagnética, além de requererem grandes áreas pavimentadas para rodovias, estacionamentos, garagens, oficinas, fábricas etc. O seu uso inadequado também provoca muitas mortes e deixa um grande número de pessoas inválidas.

O Brasil, pelo seu tamanho, deveria promover o transporte coletivo e o intenso uso de ferrovias. Enquanto esse quadro não muda, se você tem um carro, pode adotar alguns cuidados para reduzir o impacto negativo do seu uso:

- Promova caronas solidárias.

- Calibre os pneus, no mínimo, uma vez por mês. Pneus descalibrados são a maior fonte de desperdício de combustível.

- Sempre que possível, *substitua o uso do carro por uma caminhada para ir a lugares mais próximos*. Não tem sentido deslocar uma tonelada de ferro para trazer 100 gramas de pão!

- Leia atentamente as instruções do fabricante do seu carro. Os manuais atuais trazem muitas recomendações a respeito de formas menos impactantes de se utilizar um veículo.

- Evite arrancadas bruscas. Elas denotam nervosismo, arrogância e exacerbação da competitividade. Causam desgaste prematuro de diversos componentes mecânicos, além de contribuir para a poluição atmosférica e sonora e somar-se a fatores que tornam o ecossistema urbano estressante.

- Ao substituir os pneus, entregue os usados para reciclagem, lá eles são transformados em óleo combustível, asfalto, material de construção, pisos e outras coisas. Pneus ao ar livre terminam acumulando água e abrigando focos de insetos transmissores de diversas doenças (dengue, por exemplo). Ao guardar pneus, faça-o de modo a deixá-los protegidos. Observação: *não permita a incineração de pneus ou plásticos*. A queima desses produtos libera gases tóxicos (como o ácido clorídrico) para o ar atmosférico, muitos deles cancerígenos (dioxinas). Essa incineração constitui crime ambiental previsto em lei.

- Comprar pneus usados importados significa comprar resíduos de outros países. Essa foi a forma que os países ricos encontraram para ficar livres dos pneus usados, cuja reciclagem é complicada: transferi-los para os outros. Gaste mais um pouco e compre um produto ambientalmente correto. Os pneus fabricados no Brasil são recicláveis.

- As brecadas bruscas poluem o ar (com fumaça e emissão de partículas de desgaste, tanto dos pneus e da pista quanto das pastilhas e lonas de freio), assustam as pessoas e tornam o ambiente mais estressante. Evite-as.

- As lonas e pastilhas de freio à base de asbestos (amianto), no atrito, produzem um pó cancerígeno (que afeta o pulmão). Ao trocar esses componentes, leia atentamente as instruções e dê preferência a produtos que não incluam essa substância na sua constituição.

- Ao trocar o óleo do motor, faça-o somente em locais adequados (postos de serviços). Ali o óleo é reunido e levado para que seja refinado novamente, sendo transformado em óleo combustível industrial e graxa. Óleos usados despejados em vias públicas ou esgotos terminam poluindo os mananciais de água.

- Ao lavar o seu carro, utilize apenas produtos biodegradáveis. Utilize baldes em vez de mangueiras ou, então, mangueiras com controle de fluxo. Utilize a menor quantidade de água possível.

- Prefira lavar seu carro em lava a jatos. O custo termina sendo menor. Dê preferência aos que não usam produtos químicos não biodegradáveis ou à base de petróleo. Certifique-se de que a água utilizada recebe destinação adequada. Caso não, reclame e troque de lava a jato até a sua normalização.

- O sistema de exaustão do seu veículo (escapamento) não pode ter vazamentos. O Código de Trânsito Brasileiro prevê multas pesadas para a poluição sonora, bem como a Legislação Ambiental. Mantenha o seu carro silencioso, em respeito ao próximo e à própria saúde. Afinal, o barulho é um dos maiores estressores do ambiente urbano.

- Utilize a buzina apenas em caso de reconhecida necessidade (como advertência, segurança). Chamar alguém buzinando é descortês, além de poluir o ambiente.

# 35 PROMOVA A SUA SAÚDE PRESERVANDO A QUALIDADE AMBIENTAL

Sem um meio ambiente saudável não há saúde. Sem saúde não há qualidade de vida.

Dor de cabeça, alergia, insônia, estresse, inflamações da garganta e dos olhos, erupções na pele e outros males muitas vezes são apenas sinalizações do seu corpo avisando que o meio ambiente no qual você vive está ruim!

A saúde exige ar puro, água potável, saneamento, alimentos livres de contaminações, ambientes silenciosos, limpos e de estética agradável.

Art. 225 da Constituição:

> Todos têm direito ao meio ambiente ecologicamente equilibrado, bem de uso comum do povo e essencial à sadia qualidade de vida, impondo-se ao Poder Público e à coletividade o dever de defendê-lo e preservá-lo para as presentes e futuras gerações.

# PREFIRA OS PRODUTOS ORGÂNICOS 36

Os produtos orgânicos são cultivados sem o uso de venenos, agrotóxicos, químicos sintéticos e transgênicos, utilizando-se apenas adubos naturais. São o resultado de um sistema de produção agrícola que busca harmonizar as relações entre plantas, insetos, solo, água e seres humanos.[2]

Muitos supermercados e feiras livres já apresentam esses produtos (legumes, verduras, frutas, bebidas, entre outros) e a oferta é crescente em todo o mundo.

Ao preferir tais produtos, você estará:

- cuidando da sua saúde;
- incentivando a produção ecologicamente correta;
- protegendo a integridade dos ecossistemas, evitando a poluição do solo, das águas e a morte de muitos animais.

---

[2] No Brasil, a atividade é regulamentada pela Lei n. 10.831, de 23 de dezembro de 2003. Inclui a produção, o armazenamento, a rotulagem, o transporte, a certificação, a comercialização e a fiscalização dos produtos. O Decreto n. 6.323/2007 regulamentou a lei.

# 37    VEJA A PUBLICIDADE COM OLHOS CRÍTICOS

A mídia (rádio, televisão, revistas, jornais, cartazes, internet etc.) é especializada em criar necessidades desnecessárias. O consumo exagerado estimulado pela publicidade agride o planeta e entorpece o seu poder de decisão.

Fique atento às mensagens ocultas dos meios publicitários. Elas impõem ideologias e estilos de vida altamente consumistas e insustentáveis.

Tenha cautela e não se deixe enganar. As bebidas alcoólicas, por exemplo, não tornam ninguém mais belo, rico, nem levam a lugares maravilhosos, como mostram os anúncios.

A felicidade, a alegria e o bem-estar não podem ser adquiridos em lojas. Seja um consumidor consciente.

# PENSE COSMICAMENTE E AJA GLOBAL E LOCALMENTE

# 38

O nosso corpo físico se compõe de tecidos e órgãos constituídos por proteínas, as quais são formadas por moléculas, e estas, por átomos. Ganhamos um esqueleto cálcico e agregamos a ele esse conjunto de equipamentos, num contexto aquoso.

Esses átomos vêm da Terra. O nosso corpo físico é um empréstimo temporário para vivenciarmos uma experiência evolucionária. Envelhecemos, morremos, nos decompomos e devolvemos os átomos à Terra. Aí começa tudo de novo.

A Terra faz parte do cosmos e nós somos um pedaço da Terra. Então somos seres cósmicos também. Somos parte do universo, do todo. Integramos o grande projeto de vida cósmica.

Então temos de *pensar* como seres cósmicos e *agir* não apenas localmente, mas, como cidadãos do mundo, agir globalmente. Vivemos uma exuberante época de possibilidades na qual podemos fazer isso.

# 39 PROMOVA A CULTURA DA PAZ

Adote a não violência. Promova a cultura da paz. Em toda a história da humanidade, nenhuma solução feliz se conseguiu por meio de processos violentos.

A linguagem universal é o amor. Por meio dela todos os seres se entendem, independentemente da cultura, do credo, da etnia, dos sons e dos solos.

## INVISTA NA SUA EVOLUÇÃO ESPIRITUAL 40

O maior desafio para a sustentabilidade humana na Terra é a prática da ética e dos valores humanos.

Não há a menor possibilidade de desenvolvimento de sociedades sustentáveis sem assumirmos a nossa evolução espiritual.

A tecnologia e os valores econômicos não têm resposta para tudo. A solução para a maioria de nossos problemas e desafios requer, antes de tudo, ferramentas espirituais.

Invista mais na sua progressão espiritual.

# ANEXO – POLÍTICA NACIONAL DE RESÍDUOS SÓLIDOS (LEI N. 12.305, DE 2 DE AGOSTO DE 2010)

A Política Nacional de Resíduos Sólidos (PNRS) estabelece instrumentos e diretrizes para os setores públicos e as empresas lidarem com os resíduos gerados. Foi criada para proteger o meio ambiente e a saúde pública. Além disso, para reduzir ao mínimo as consequências adversas que os resíduos são capazes de provocar quando não são gerenciados adequadamente.

A legislação é fiscalizada por órgãos ambientais nacionais, estaduais ou municipais. Esses órgãos definem regulamentações e atos de infração em casos de não cumprimento da lei.

A PNRS possui 15 objetivos:

I – Proteção da saúde pública e da qualidade ambiental;

II – não geração, redução, reutilização, reciclagem e tratamento dos resíduos sólidos, bem como disposição final ambientalmente adequada dos rejeitos;

III – estímulo à adoção de padrões sustentáveis de produção e consumo de bens e serviços;

IV – adoção, desenvolvimento e aprimoramento de tecnologias limpas como forma de minimizar impactos ambientais;

V – redução do volume e da periculosidade dos resíduos perigosos;

VI – incentivo à indústria da reciclagem, tendo em vista fomentar o uso de matérias-primas e insumos derivados de materiais recicláveis e reciclados;

VII – gestão integrada de resíduos sólidos;

VIII – articulação entre as diferentes esferas do poder público, e destas com o setor empresarial, com vistas à cooperação técnica e financeira para a gestão integrada de resíduos sólidos;

IX – capacitação técnica continuada na área de resíduos sólidos;

X – regularidade, continuidade, funcionalidade e universalização da prestação dos serviços públicos de limpeza urbana e de manejo de resíduos sólidos;

XI – prioridade, nas aquisições e contratações governamentais, para:
a) produtos reciclados e recicláveis;
b) bens, serviços e obras que considerem critérios compatíveis com padrões de consumo social e ambientalmente sustentáveis;

XII – integração dos catadores de materiais reutilizáveis e recicláveis nas ações que envolvam a responsabilidade compartilhada pelo ciclo de vida dos produtos;

XIII – estímulo à implementação da avaliação do ciclo de vida do produto;

XIV – incentivo ao desenvolvimento de sistemas de gestão ambiental e empresarial voltados para a melhoria dos processos produtivos e ao reaproveitamento dos resíduos sólidos, incluídos a recuperação e o aproveitamento energético;

XV – estímulo à rotulagem ambiental e ao consumo sustentável.

Fonte: artigo 7º, do capítulo II, da Lei n. 12.305.

# POSFÁCIO

Se cada pessoa atendesse às recomendações que foram apresentadas, certamente não resolveríamos todos os problemas ambientais, mas teríamos uma redução sensível das agressões que impomos aos sistemas naturais. Eles teriam tempo de se recompor. Estaríamos emitindo sinais de possibilidades de reversão da atual tendência de insustentabilidade e da grande encrenca evolucionária em que estamos envolvidos.

A escolha é nossa, é de todos. Não espere que os outros mudem.

# SOBRE O AUTOR

Genebaldo Freire Dias (Pedrinhas, SE, 3 de março de 1949) é bacharel (B.Sc.), mestre (M.Sc.) e doutor (Ph.D.) em Ecologia pela UnB; possui quatro décadas de prática acadêmica e ativismo ambiental; um dos pioneiros da Sema (primeira Secretaria Especial de Meio Ambiente), onde foi secretário de Ecossistemas; também pioneiro-fundador do Ibama; foi diretor do Departamento de Educação Ambiental e diretor do Parque Nacional de Brasília; na Universidade Católica de Brasília foi professor e pesquisador dos cursos de Engenharia Ambiental e Biologia, e diretor do programa de pós-graduação em Gestão Ambiental. Com duas dezenas de livros publicados sobre a temática ambiental, é o autor brasileiro mais citado nos processos de Educação Ambiental.

Entre 2015 e 2019, cerca de 25 mil pessoas assistiram às suas palestras, conferências e oficinas em todo o Brasil e no exterior.

É cidadão honorário de Brasília. O título foi concedido pela Câmara Legislativa do Distrito Federal por meio do Decreto n. 2.099, de 23 de setembro de 2016.

Uma vida dedicada à causa ambiental.

Contatos:
www.genebaldo.com.br
genebaldo5@gmail.com
(61) 99984-6393

# OUTROS TÍTULOS DO AUTOR PUBLICADOS PELA EDITORA GAIA

**ANTROPOCENO**
Iniciação à temática ambiental

**EDUCAÇÃO AMBIENTAL**
Princípios e práticas

**ATIVIDADES INTERDISCIPLINARES DE EDUCAÇÃO AMBIENTAL**

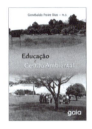

**EDUCAÇÃO E GESTÃO AMBIENTAL**

**DINÂMICAS E INSTRUMENTAÇÃO PARA EDUCAÇÃO AMBIENTAL**

**MUDANÇA CLIMÁTICA E VOCÊ**
Cenários, desafios, governança, oportunidades, cinismos e maluquices

**ECOPERCEPÇÃO**
Um resumo didático dos cenários e desafios socioambientais

**PEGADA ECOLÓGICA E SUSTENTABILIDADE HUMANA**